CME-K
2nd Edition

Traditional Character Version

Worksheets
CHINESE MADE EASY
FOR KIDS 輕鬆學漢語 少兒版

3

U0063590

Yamin Ma

Joint Publishing (H.K.) Co., Ltd.
三聯書店（香港）有限公司

Chinese Made Easy for Kids (Worksheets 3)

Yamin Ma

Editor   Hu Anyu, Li Yuezhan
Art design   Arthur Y. Wang, Yamin Ma
Cover design Arthur Y. Wang, Zhong Wenjun, Sun Suling
Graphic design Zhong Wenjun
Typeset   Sun Suling

Published by
JOINT PUBLISHING (H.K.) CO., LTD.
20/F., North Point Industrial Building,
499 King's Road, North Point, Hong Kong

Distributed by
SUP PUBLISHING LOGISTICS (H.K.) LTD.
3/F., 36 Ting Lai Road, Tai Po, N.T., Hong Kong

First published April 2012
Second edition, first impression, September 2015
Second edition, second impression, January 2019

E-mail:publish@jointpublishing.com

輕鬆學漢語 少兒版 (補充練習三) 〔繁體版〕

編　　著　　馬亞敏

責任編輯　　胡安宇　李玥展
美術策劃　　王　宇　馬亞敏
封面設計　　王　宇　鍾文君　孫素玲
版式設計　　鍾文君
排　　版　　孫素玲
出　　版　　三聯書店（香港）有限公司
　　　　　　香港北角英皇道 499 號北角工業大廈 20 樓
發　　行　　香港聯合書刊物流有限公司
　　　　　　香港新界大埔汀麗路 36 號 3 字樓
印　　刷　　美雅印刷製本有限公司
　　　　　　香港九龍觀塘榮業街 6 號 4 樓 A 室
版　　次　　2012 年 4 月香港第一版第一次印刷
　　　　　　2015 年 9 月香港第二版第一次印刷
　　　　　　2019 年 1 月香港第二版第二次印刷
規　　格　　大 16 開（210×260mm）68 面
國際書號　　ISBN 978-962-04-3714-4
© 2012, 2015 三聯書店（香港）有限公司

前言

　　編寫《輕鬆學漢語》少兒版補充練習冊（第二版）的目的，是希望學生能通過各種題型的相關練習，鞏固所學的語言知識，提高語言技能。

　　作為課本和練習冊的補充材料，本書既可以供教師在課上當作練習使用，也可以作為學生的課下作業。還可以作為考卷，用來測試學生對每課內容的掌握程度。

馬亞敏

2015年5月

目 錄

第一課　他們都工作

A Write the characters.

1) father
　bà　ba

2) mother
　mā　ma

3) elder brother
　gē　ge

4) younger sister
　mèi　mei

B Write a character for each radical.

1) 夕 :

2) 女 :

3) 阝 :

4) 宀 :

5) 亻 :

6) 母 :

7) 夂 :

8) 口 :

C Find and circle the words.

gōng 工	zuò 作	jiù 舅	jiu 舅	jīn 今
yé 爺	nǎi 奶	tóng 同	xiǎo 小	tiān 天
ye 爺	nai 奶	xué 學	xiào 校	ā 阿
nán 男	shēng 生	yé 爺	ye 爺	yí 姨

1) work √

2) mother's brother

3) mother's sister

4) grandfather

5) school

6) classmate

7) boy student

第一課 他們都工作

A Find the common part and then write it out.

1) □ — 多 duō / 外 wài

2) □ — 姨 yí / 婆 pó

3) □ — 字 zì / 室 shì

4) □ — 作 zuò / 他 tā

B Fill in the blanks with the words in the box.

chī	hē	shàng bān	zuò	kàn	gōng zuò	yǎng	dài
吃	喝	上班	坐	看	工作	養	帶

1) nǐ bà ba měi tiān zěn me
你爸爸每天怎麼____？

2) dì di xǐ huan　　kě lè
弟弟喜歡____可樂。

3) gē ge cháng cháng qù　　diàn yǐng
哥哥常常去____電影。

4) wǒ wǔ fàn　　sān míng zhì
我午飯____三明治。

5) wǒ měi tiān dōu　　xiào chē shàng xué
我每天都____校車上學。

6) wǒ xiǎng　　yì zhī xiǎo bái tù
我想____一隻小白兔。

7) wǒ ā yí hé jiù jiu dōu
我阿姨和舅舅都____。

8) mā ma　　wǒ qù dòng wù yuán
媽媽____我去動物園。

C Write the radicals.

① □ metal

② □ utensil

③ □ insect

④ □ house-hold

⑤ □ cliff

⑥ □ ritual

⑦ □ bow

⑧ □ square

第一課　他們都工作

A　Write the characters if you can, otherwise use pinyin.

Answers:

a) 猴子 （hóu zi）

b) 兔子 （tù zi）

c) 馬 （mǎ）

d) 狗 （gǒu）

e) 魚 （yú）

f) 蛇 （shé）

g) 貓 （māo）

h) 老虎 （lǎo hǔ）

i) 大象 （dà xiàng）

j) 獅子 （shī zi）

k) 熊貓 （xióng māo）

l) 鳥 （niǎo）

①

②

③

④

⑤

⑥

⑦

⑧

⑨

⑩

⑪

⑫

B　Complete the sentence.

我家住在 （wǒ jiā zhù zài） ＿＿＿＿＿＿＿＿＿＿＿ 。

第一課　他們都工作

A Write the characters.

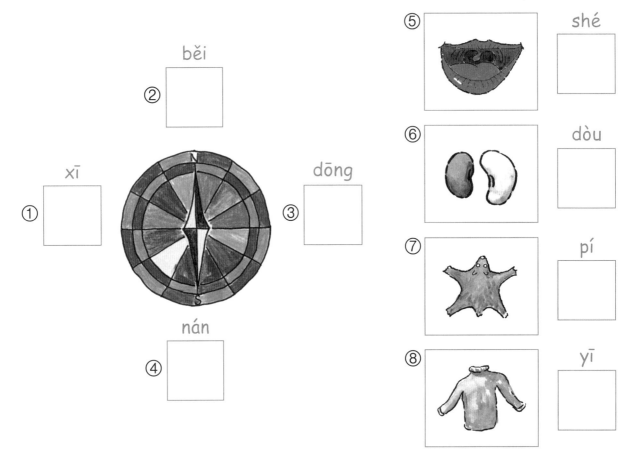

běi
②

xī
①

dōng
③

nán
④

⑤ shé

⑥ dòu

⑦ pí

⑧ yī

B Fill in the blanks with the words in the box.

zuò	qí	gōng zuò
坐	騎	工作

wǒ wài gōng　　　wài pó měi tiān dōu zài jiā　　　　　　　　　　　　wǒ
我外公、外婆每天都在家 "_____"。我

bà ba　　mā ma měi tiān dōu　　　　　dì tiě shàng bān　　wǒ měi tiān dōu
爸爸、媽媽每天都_____地鐵上班。我每天都

zì xíng chē shàng xué
_____自行車上學。

第二課　三個朋友

Maze: find the sentences and write them out.

1)

wǒ 我	bà 爸	ba 爸	dà 大	yǎn 眼	jing 睛
wǒ 我	jiù 舅	jiu 舅	dài 戴	yǎn 眼	jìng 鏡

。→ My father wears glasses.

我爸爸戴眼鏡。

_____

2)

jiě 姐	jie 姐	de 的	tóu 頭	fa 髮	cháng 長
wǒ 我	de 的	tuǐ 腿	cháng 長	cháng 長	de 的

。→ My elder sister has long legs.

_____

_____

3)

mā 媽	ma 媽	de 的	yǒu 有	zhí 直	tóu 頭	fa 髮
tā 她	de 的	tóu 頭	fa 髮	juǎn 捲	juǎn 捲	de 的

。→ Mother's hair is curly.

_____

_____

4)

wǒ 我	de 的	gè 個	zi 子	ǎi 矮
gē 哥	ge 哥	de 的	bù 不	gāo 高

。→ I am not tall.

_____

第二課　三個朋友

A Find the opposite words in the box and write them out.

ǎi	shǎo	xià	duǎn	xiǎo	tiān	qù	qū	wài
矮	少	下	短	小	天	去	曲	外

1) shàng
上 → ＿＿＿＿

2) cháng
長 → ＿＿＿＿

3) gāo
高 → ＿＿＿＿

4) lǐ
裏 → ＿＿＿＿

5) duō
多 → ＿＿＿＿

6) dà
大 → ＿＿＿＿

7) zhí
直 → ＿＿＿＿

8) lái
來 → ＿＿＿＿

9) dì
地 → ＿＿＿＿

B Answer the questions.

1) nǐ yǒu jǐ ge péng you
你有幾個朋友？

2) nǐ de gè zi gāo ma
你的個子高嗎？

3) nǐ de tóu fa cháng ma
你的頭髮長嗎？

4) nǐ dài yǎn jìng ma
你戴眼鏡嗎？

5) nǐ xiàn zài zhù zài nǎr
你現在住在哪兒？

6) nǐ jiā de diàn huà hào mǎ shì duō shao
你家的電話號碼是多少？

第二課　三個朋友

A Find the characters in the box to make words.

yǎn 眼	jīng 京	tóu 頭
gōng 工	you 友	zi 子
xiàn 現	shàng 上	tiān 天

1) péng 朋 ☐

2) ☐ jìng 鏡

3) ☐ hǎi 海

4) běi 北 ☐

5) ☐ zài 在

6) ☐ zuò 作

7) měi 每 ☐

8) ☐ fa 髮

9) 個 gè ☐

B Write the characters if you can, otherwise use pinyin.

Answers:

a) 眼睛 yǎn jing

b) 鼻子 bí zi

c) 耳朵 ěr duo

d) 手 shǒu

e) 腳 jiǎo

f) 嘴巴 zuǐ ba

g) 腿 tuǐ

h) 頭髮 tóu fa

i) 牙 yá

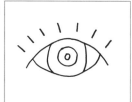

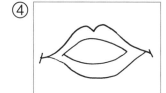

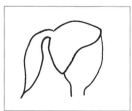

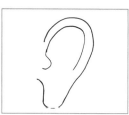

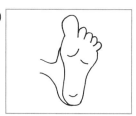

第二課　三個朋友

A **Join the parts to make characters and then write down their meanings.**

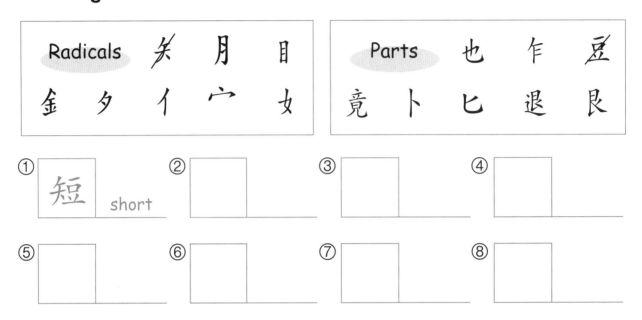

| Radicals | 矢 月 目 |
| 金 夕 亻 宀 女 |

| Parts | 也 乍 豆 |
| 竟 卜 匕 退 艮 |

① 短　short ② ③ ④

⑤ ⑥ ⑦ ⑧

B **Fill in each box with the correct character.**

戴　叫　兩　矮　短　住　高　和　在　長

wǒ [jiào] wáng tiān yī 。 wǒ yǒu [liǎng] ge péng you ： xiǎo hóng [hé]
我 ⬚ 王天一。我有 ⬚ 個朋友：小紅 ⬚

xiǎo guāng 。 xiǎo hóng gè zi bù [gāo] 。 tā de tóu fa hěn [cháng] 。 tā
小光。小紅個子不 ⬚ 。她的頭髮很 ⬚ 。她

[dài] yǎn jìng 。 xiǎoguāng de gè zi hěn [ǎi] ， tóu fa hěn [duǎn] 。 xiǎohóng
⬚ 眼鏡。小光的個子很 ⬚ ，頭髮很 ⬚ 。小紅

xiàn zài [zhù] zài shàng hǎi ， xiǎoguāng zhù [zài] běi jīng 。
現在 ⬚ 在上海，小光住 ⬚ 北京。

第三課　她穿連衣裙

A　Add a part to complete each character.

xié	lián	qún	wà
1) 革	2) 車	3) 君	4) 衤

duǎn	kù	chèn	liáng
5) 矢	6) 衤	7) 親	8) 氵

B　Rearrange the words/phrases to make sentences and write them out.

lián yī qún　　jiě jie　　chuān　　jīn tiān
1) 連衣裙 / 姐姐 / 穿 / 今天 /。

→ _____

dì di　　hé　　xù shān　　jīn tiān　　chuān　　duǎn kù
2) 弟弟 / 和 / T恤衫 / 今天 / 穿 / 短褲 /。

→ _____

jiǎo shang　　mèi mei　　liáng xié　　chuān
3) 腳上 / 妹妹 / 涼鞋 / 穿 /。

→ _____

bú　　bà ba　　yǎn jìng　　dài
4) 不 / 爸爸 / 眼鏡 / 戴 /。

→ _____

第三課　她穿連衣裙

Write or complete the characters.

①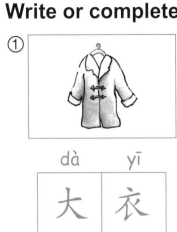

dà	yī
大	衣

②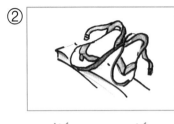

liáng	xié
氵	圭

③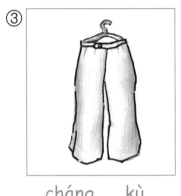

cháng	kù
	衤

④

wà	zi
韈	

⑤

duǎn	kù
豆	庫

⑥

lián	yī	qún
辶		君

⑦

xù	shān
T	忄	衤

⑧

pí	xié
	革

⑨

xiào	fú
交	艮

⑩

chèn	shān
親	衤

第三課　她穿連衣裙

A Answer the questions.

1) 你喜歡 穿 什麼？
   nǐ xǐ huan chuān shén me _____

2) 你不喜歡 穿 什麼？
   nǐ bù xǐ huan chuān shén me _____

3) 你今天 穿 什麼？
   nǐ jīn tiān chuān shén me _____

4) 你媽媽今天 穿 什麼？
   nǐ mā ma jīn tiān chuān shén me _____

B Connect the matching words.

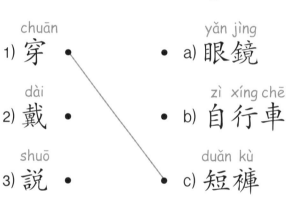

1) 穿　chuān

2) 戴　dài

3) 説　shuō

4) 騎　qí

5) 彈　tán

6) 坐　zuò

7) 炒　chǎo

a) 眼鏡　yǎn jìng

b) 自行車　zì xíng chē

c) 短褲　duǎn kù

d) 鋼琴　gāng qín

e) 漢語　hàn yǔ

f) 雞蛋　jī dàn

g) 船　chuán

C Fill in the correct characters to make words.

1) cháng ☐ 褲 kù

2) wài ☐ 套 tào

3) wà ☐ 子 zi

4) liáng 涼 ☐ xié

5) máo 毛 ☐ yī

6) jī ☐ 肉 ròu

7) chǎo ☐ 飯 fàn

8) niú ☐ 奶 nǎi

9) guǒ 果 ☐ zhī

10) kě 可 ☐ lè

11

第三課　她穿連衣裙

A Write the characters.

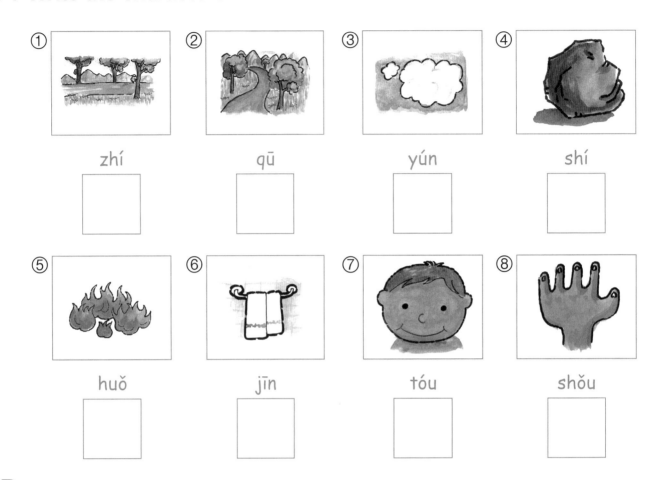

① zhí ☐

② qū ☐

③ yún ☐

④ shí ☐

⑤ huǒ ☐

⑥ jīn ☐

⑦ tóu ☐

⑧ shǒu ☐

B Fill in the blanks with the words in the box.

hēi	wà zi	chuān	duǎn kù	jīn tiān	jiǎo shang
黑	襪子	穿	短褲	今天	腳上

wǒ xǐ huan xù shān hé chuān liáng

我喜歡＿＿＿＿Ｔ恤衫和＿＿＿＿，＿＿＿＿穿涼

xié wǒ chuān lián yī qún jiǎo shang chuān bái hé

鞋。我＿＿＿＿穿連衣裙，腳上穿白＿＿＿＿和

pí xié

＿＿＿＿皮鞋。

第四課　弟弟穿大衣

A **Fill in the blanks with the characters in the box.**

chuān	dài	dài
穿	戴	帶

1) 弟弟喜歡＿＿＿手套和圍巾。
<small>dì di xǐ huan ＿ shǒu tào hé wéi jīn</small>

2) 哥哥今天沒有＿＿＿帽子。
<small>gē ge jīn tiān méi you ＿ mào zi</small>

3) 我今天＿＿＿毛衣和長褲，腳上＿＿＿皮鞋。
<small>wǒ jīn tiān ＿ máo yī hé cháng kù jiǎo shang ＿ pí xié</small>

4) 爸爸一般星期天＿＿＿我去圖書館。
<small>bà ba yì bān xīng qī tiān ＿ wǒ qù tú shū guǎn</small>

5) 姐姐今天＿＿＿外套和牛仔褲。
<small>jiě jie jīn tiān ＿ wài tào hé niú zǎi kù</small>

B **Highlight the sentences in different colours. Write down the meaning of each sentence.**

wǒ 我	chuān 穿	niú 牛	zǎi 仔	kù 褲。
tā 他	qù 去	dòng 動	wù 物	yuán 園。
	ài 愛	dài 戴	wéi 圍	jīn 巾。
dì 弟	di 弟			
tā 她	gè 個	zi 子	bù 不	gāo 高。

① ＿＿＿＿＿＿＿＿＿＿＿＿＿＿＿

② ＿＿＿＿＿＿＿＿＿＿＿＿＿＿＿

③ ＿＿＿＿＿＿＿＿＿＿＿＿＿＿＿

④ ＿＿＿＿＿＿＿＿＿＿＿＿＿＿＿

第四課　弟弟穿大衣

A Write two characters for each radical.

1) 衤：

5) 氵：

2) 亻：

6) 辶：

3) 矢：

7) 目：

4) 月：

8) 夕：

B Fill in the blanks with the words in the box.

yǒu	chuān	dài	zhù	gōng zuò	chī
有	穿	戴	住	工作	吃

wǒ jīn tiān　　　　niú zǎi kù
1) 我今天＿＿＿牛仔褲。

wǒ bù xǐ huan　　　　mào zi
2) 我不喜歡＿＿＿帽子。

wǒ　　　sān ge hǎo péng you
3) 我＿＿＿三個好朋友。

wǒ gū gu　　　　zài běi jīng
4) 我姑姑＿＿＿在北京。

wǒ shū shu bù
5) 我叔叔不＿＿＿。

wǒ yé ye xǐ huan　　　　chǎo fàn
6) 我爺爺喜歡＿＿＿炒飯。

第四課　弟弟穿大衣

Write or complete the characters.

①

liáng　　xié

②

máo　　yī

③

dà　　yī

④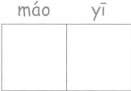

wài　　tào

⑤

wéi　　jīn

⑥

niú　zǎi　kù

⑦

shǒu　　tào

⑧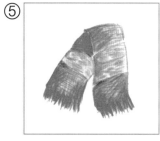

mào　　zi

⑨

lián　yī　qún

15

第四課　弟弟穿大衣

A **Circle the pinyin for the words on the right.**

m	p	i	x	i	e	w		s
i	a		i	d	q	a	w	h
n		o	n	a	u	i	a	o
g		z	y	n	t	z		u
m	a	o	y	i	z	a	i	t
w	e	i	j	i	n	o		a
n	i	u	z	a	i	k	u	o

1) 帽子 √

2) 毛衣

3) 皮鞋

4) 襪子

5) 手套

6) 圍巾

7) 外套

8) 牛仔褲

B **Fill in the blanks with the words in the box.**

hé	jīn tiān	chuān	xǐ huan	dài	bái sè	wài tào
和	今天	穿	喜歡	戴	白色	外套

wǒ
我_____ 穿連衣裙、毛衣_____牛仔褲。
　　　chuān lián yī qún　　máo yī　　　　niú zǎi kù

wǒ bù xǐ huan　　　　chèn shān　 wǒ xǐ huan　　　　mào zi　　wéi
我不喜歡_____襯衫。我喜歡_____帽子、圍

jīn hé shǒu tào　　wǒ　　　　chuān hóng sè de　　　jiǎo shang chuān
巾和手套。我_____穿紅色的_____，腳上穿

de pí xié
_____的皮鞋。

第五課　昨天下雪了

A Add a part to complete each character.

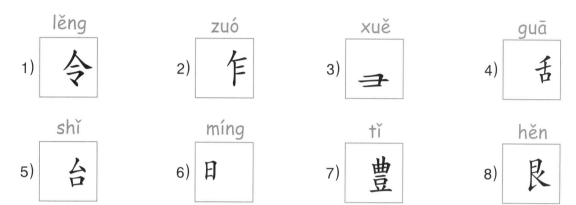

lěng
1) 令

zuó
2) 乍

xuě
3) ⺕

guā
4) 舌

shǐ
5) 台

míng
6) 日

tǐ
7) 豊

hěn
8) 艮

B Write down the meaning of each sentence.

míng tiān shàng wǔ xià yǔ　　xià wǔ guā dà fēng
1) 明天上午下雨，下午颳大風。

_____

zuó tiān shàng hǎi xià dà xuě　　hěn lěng
2) 昨天上海下大雪，很冷。

_____

jīn tiān bù lěng　　xiǎo xuě rén de shēn tǐ kāi shǐ huà le
3) 今天不冷，小雪人的身體開始化了。

_____

běi jīng jīn tiān duō yún　　míng tiān yǒu yǔ
4) 北京今天多雲，明天有雨。

_____

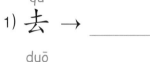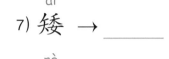

第五課　昨天下雪了

A Find the opposite words and write them out.

a) 冷 lěng	g) 曲 qū
b) 高 gāo	h) 上 shàng
c) 胖 pàng	i) 大 dà
d) 早 zǎo	j) 來 lái
e) 少 shǎo	k) 白 bái
f) 西 xī	l) 長 cháng

1) 去 qù →＿＿＿＿

2) 多 duō →＿＿＿＿

3) 下 xià →＿＿＿＿

4) 晚 wǎn →＿＿＿＿

5) 直 zhí →＿＿＿＿

6) 黑 hēi →＿＿＿＿

7) 矮 ǎi →＿＿＿＿

8) 熱 rè →＿＿＿＿

9) 瘦 shòu →＿＿＿＿

10) 小 xiǎo →＿＿＿＿

11) 東 dōng →＿＿＿＿

12) 短 duǎn →＿＿＿＿

B Rearrange the words/phrases to make sentences and write them out.

1) 了 le / 小雪人 xiǎo xuě rén / 不見 bú jiàn /。

　　→＿＿＿＿＿＿＿＿＿＿＿＿＿＿＿＿＿＿＿

2) 開始 kāi shǐ / 了 le / 小雪人的身體 xiǎo xuě rén de shēn tǐ / 化 huà /。

　　→＿＿＿＿＿＿＿＿＿＿＿＿＿＿＿＿＿＿＿

3) 高興 gāo xìng / 今天 jīn tiān / 很 hěn / 小雪人 xiǎo xuě rén /。

　　→＿＿＿＿＿＿＿＿＿＿＿＿＿＿＿＿＿＿＿

第五課　昨天下雪了

A Write the time in Chinese.

1) 8:15 _____八點一刻_____

2) 10:30 _____

3) 2:45 _____

4) 5:05 _____

5) 7:35 _____

6) 6:00 _____

Useful words:

	diǎn		bàn
a)	點	d)	半
	kè		líng
b)	刻	e)	零
	fēn		liǎng
c)	分	f)	兩

B Answer the questions.

1) jīn tiān jǐ yuè jǐ hào
今天幾月幾號？_____

2) jīn tiān xīng qī jǐ
今天星期幾？_____

3) jīn tiān xià yǔ ma
今天下雨嗎？_____

4) jīn tiān lěng ma
今天冷嗎？_____

5) nǐ jīn tiān chuān shén me yī fu
你今天穿什麼衣服？_____

第五課　昨天下雪了

A **Circle the words that you know and write down their meanings.**

zuó 昨	(jīn) 今	shēn 身	gāo 高	xìng 興
míng 明	tiān 天	tǐ 體	yù 育	kāi 開
xià 下	yǔ 雨	duō 多	yún 雲	shǐ 始
xuě 雪	rén 人	máo 毛	wài 外	tào 套
guā 颱	fēng 風	yī 衣	duǎn 短	kù 褲

1) _____today_____ 6) _____

2) _____ 7) _____

3) _____ 8) _____

4) _____ 9) _____

5) _____ 10) _____

B **Fill in the blanks with the words in the box.**

shàng xué 上學	zǎo shang 早上	diàn shì 電視	xià yǔ 下雨	fàng xué 放學	zǎo fàn 早飯	chī 吃	shí èr 十二

jīn tiān
今天_____，颱大風，很冷。我_____七點起

chuáng　　wǒ méi you chī　　　　　　　wǒ bā diǎn zuò xiào chē　　　　wǒ
牀　。我沒有吃_____。我八點坐校車_____。我

diǎn chī wǔ fàn　　wǒ men sān diǎn bàn　　　　wǒ men yì jiā rén
_____點吃午飯。我們三點半_____。我們一家人

liù diǎn　　　　wǎn fàn　　wǒ jiǔ diǎn xǐ zǎo　　jiǔ diǎn bàn kàn
六點_____晚飯。我九點洗澡，九點半看_____，

shí diǎn shuì jiào
十點睡覺。

第六課　小猴子

A Write the time in Chinese.

1) 8:05
(early morning)
早上八點零五分

2) 10:15
(morning)

3) 12:45
(noon)

4) 4:35
(afternoon)

Useful words:

a) 早上 zǎo shang early morning

b) 上午 shàng wǔ morning

c) 中午 zhōng wǔ noon

d) 下午 xià wǔ afternoon

B Match the picture with the description.

ⓐ 兩個猴子在幹活兒。小猴子
liǎng ge hóu zi zài gàn huór　xiǎo hóu zi
説："這種天氣我不去幹
shuō　zhè zhǒng tiān qì wǒ bú qù gàn
活兒。"
huór

ⓑ 小猴子説："下雪天我去幹
xiǎo hóu zi shuō　xià xuě tiān wǒ qù gàn
活兒。"
huór

ⓒ 猴爸爸叫小猴子去幹活兒。
hóu bà ba jiào xiǎo hóu zi qù gàn huór
小猴子説："今天太熱了。這
xiǎo hóu zi shuō　jīn tiān tài rè le　zhè
種天氣我不去幹活兒。"
zhǒng tiān qì wǒ bú qù gàn huór

第六課　小猴子

A Write a sentence for each picture.

①

6:45 (early morning) ^{qǐ chuáng} 起 牀

她早上六點三刻起牀。

②

12:30 (noon) ^{chī wǔ fàn} 吃午飯

③

3:15 (afternoon) ^{fàng xué huí jiā} 放學回家

④

9:00 (evening) ^{shuì jiào} 睡覺

B Add a part to complete each character.

wèn
1) 門

jiào
2) 口

huó
3) 氵

zhǒng
4) 禾

qíng
5) 青

rè
6) 執

shuō
7) 兌

bà
8) 父

第六課　小猴子

A Answer the questions.

jīn tiān jǐ yuè jǐ hào
1) 今天幾月幾號？ _____

jīn tiān xīng qī jǐ
2) 今天星期幾？ _____

jīn tiān lěng ma
3) 今天冷嗎？ _____

nǐ yì bān jǐ diǎn shuì jiào
4) 你一般幾點睡覺？ _____

B Write down the meaning of each sentence.

jīn tiān hěn rè
1) 今天很熱。

zuó tiān hěn lěng
2) 昨天很冷。

míng tiān bú tài lěng
3) 明天不太冷。

_____　_____　_____

C Circle the words that you know and write down their meanings.

zǎo 早	wǎn 晚	xià 下	yǔ 雨	guā 颳
fàn 飯	shàng 上	wǔ 午	xuě 雪	fēng 風
duō 多	zhōng 中	rén 人	wéi 圍	jīn 巾
yún 雲	kāi 開	shǐ 始	jīn 今	zuó 昨
shēn 身	tǐ 體	míng 明	tiān 天	qì 氣

1) breakfast _____ 6) _____

2) _____ 7) _____

3) _____ 8) _____

4) _____ 9) _____

5) _____ 10) _____

23

第六課 小猴子

A Write the characters.

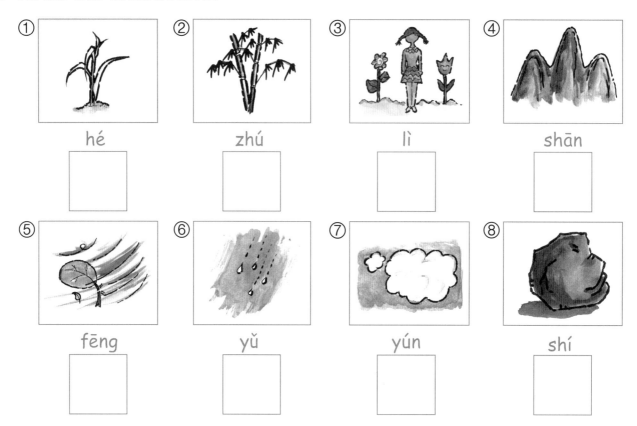

① hé

② zhú

③ lì

④ shān

⑤ fēng

⑥ yǔ

⑦ yún

⑧ shí

B Fill in the blanks with the characters in the box.

shuō	wèn	chī	xiǎng
説	問	吃	想

tù mā ma jiào xiǎo tù zi　　　wǔ fàn　　xiǎo tù zi　　　chī
兔媽媽叫小兔子＿＿＿午飯。小兔子＿＿＿："吃

mǐ fàn　　zhè zhǒng wǔ fàn wǒ bù xǐ huan chī　　tù mā ma　　xiǎo
米飯？這種午飯我不喜歡吃。"兔媽媽＿＿＿小

tù zi　　nǐ　　chī shén me　　xiǎo tù zi shuō　　wǒ xiǎng chī hú
兔子："你＿＿＿吃什麼？"小兔子説:"我想吃胡

luó bo
蘿蔔。"

第七課　我有五節課

A Write down the common radical of each group of characters.

1) 知_{zhī} 矮_{ǎi} → 矢

2) 英_{yīng} 花_{huā} → ☐

3) 道_{dào} 還_{hái} → ☐

4) 課_{kè} 讀_{dú} → ☐

B Fill in each box with the correct character.

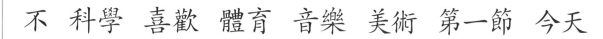

不　科學　喜歡　體育　音樂　美術　第一節　今天

①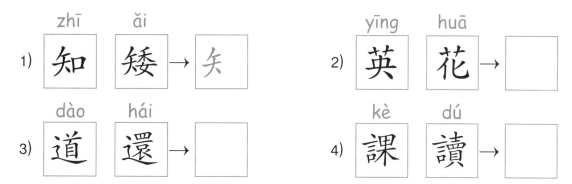

我_{wǒ} ☐☐_{xǐ huan} 上_{shàng} ☐☐_{měi shù} 課_{kè}。

②

☐☐☐_{dì yī jié} 是_{shì} ☐☐_{tǐ yù} 課_{kè}。

③

我_{wǒ} ☐☐_{jīn tiān} 沒有_{méi you} ☐☐_{kē xué} 課_{kè}。

④

我_{wǒ} ☐_{bù} 喜歡上_{xǐ huan shàng} ☐☐_{yīn yuè} 課_{kè}。

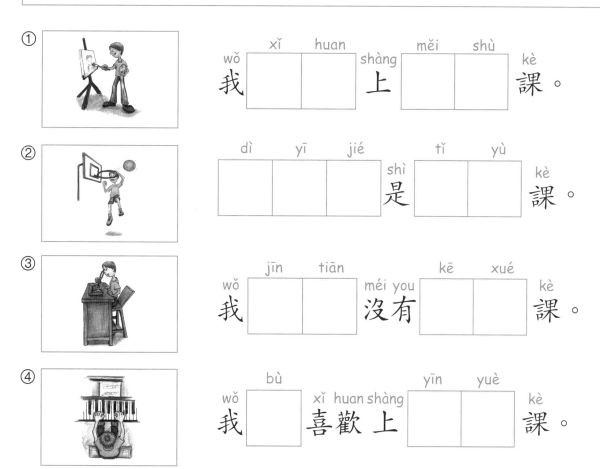

25

第七課　我有五節課

Read the passage and draw a picture of the school.

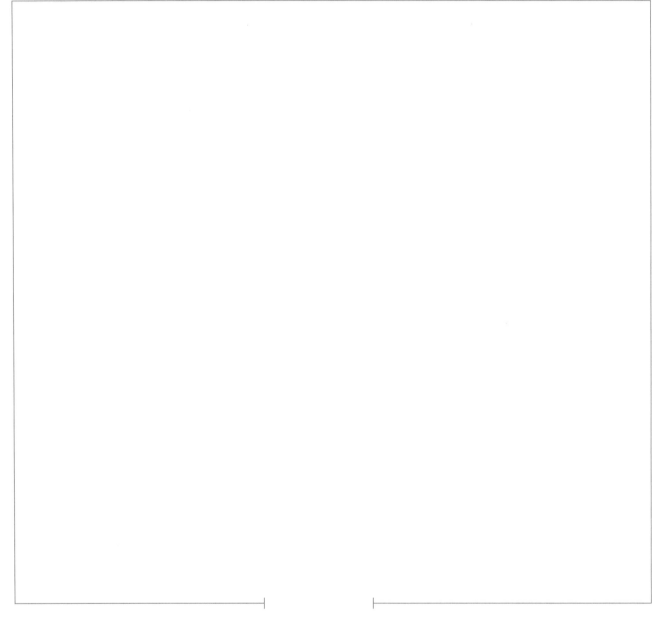

wǒ men xué xiào yǒu cāo chǎng　　lǐ táng　　tǐ yù guǎn　　tú shū guǎn
我們學校有操場、禮堂、體育館、圖書館
děngděng　　wǒ men xué xiào hái yǒu yīn yuè shì　　diàn nǎo shì hé měi shù shì
等等。我們學校還有音樂室、電腦室和美術室。

第七課　我有五節課

A **Group the words in the box into the correct category.**

| duō yún 多雲 | yīng yǔ 英語 | bà ba 爸爸 | zhōng guó 中國 | hàn yǔ 漢語 | yǎn jing 眼睛 |
| bí zi 鼻子 | xià yǔ 下雨 | měi guó 美國 | cāo chǎng 操場 | gē ge 哥哥 | lǐ táng 禮堂 |

yǔ yán
1) 語言：_____ _____
(language)

tiān qì
2) 天氣：_____ _____
(weather)

jiā rén
3) 家人：_____ _____
(family members)

guó jiā
4) 國家：_____ _____
(country)

xué xiào
5) 學校：_____ _____
(school)

shēn tǐ
6) 身體：_____ _____
(body)

B **Rearrage the words/phrases to make sentences and write them out.**

jīn tiān　　wǒ　　le　　wǔ jié kè　　shàng
1) 今天 / 我 / 了 / 五節課 / 上 /。

→ _____

hàn yǔ kè　　dì sān jié　　shì
2) 漢語課 / 第三節 / 是 /。

→ _____

第七課　我有五節課

A Draw a similar timetable and write a passage about it.

	xīng qī sān 星期三
dì yī jié 第一節	yīng yǔ 英語
dì èr jié 第二節	hàn yǔ 漢語
dì sān jié 第三節	yīn yuè 音樂
dì sì jié 第四節	měi shù 美術
dì wǔ jié 第五節	shù xué 數學

jīn tiān xīng qī sān　　wǒ jīn tiān yǒu
今天星期三。我今天有

wǔ jié kè　　dì yī jié shì yīng yǔ kè
五節課。第一節是英語課。

dì èr jié shì hàn yǔ kè　　dì sān jié shì
第二節是漢語課。第三節是

yīn yuè kè　　dì sì jié shì měi shù kè
音樂課。第四節是美術課。

dì wǔ jié shì shù xué kè
第五節是數學課。

B Circle the words that you know and write down their meanings.

hàn 漢	yǔ 語	tǐ 體	yù 育	huí 回
yīn 音	yuè 樂	měi 美	shù 術	jiā 家
zhī 知	dao 道	zǎo 早	chǎo 炒	mǐ 米
shù 數	shàng 上	fàng 放	fàn 飯	shuì 睡
kē 科	xué 學	kè 課	míng 明	jiào 覺
zhōng 中	wǔ 午	yì 一	tiān 天	qì 氣

1) ___Chinese___   7) _____

2) _____   8) _____

3) _____   9) _____

4) _____   10) _____

5) _____   11) _____

6) _____   12) _____

第八課 我的書包

A **Join the parts to make characters.**

Radicals	糸	竹	言
刀	口	彡	月	彳

Parts	采	翏	古
聿	艮	柬	前	己

1) 練   2) _____ 3) _____ 4) _____

5) _____ 6) _____ 7) _____ 8) _____

B **Write down the meaning of each sentence.**

wǒ de fáng jiān li yǒu chuáng hé yī guì
1) 我的房間裏有牀和衣櫃。

_____

wǒ men jiā de kè tīng li yǒu diàn shì
2) 我們家的客廳裏有電視。

_____

wǒ jiā yǒu sān jiān wò shì hé yí ge shū fáng
3) 我家有三間卧室和一個書房。

_____

wǒ de shū zhuō shang yǒu hàn yǔ kè běn   liàn xí běn hé wén jù hé
4) 我的書桌上有漢語課本、練習本和文具盒。

_____

第八課　我的書包

A Match the two parts to form a sentence.

□ 1) wǒ de shū bāo li yǒu
我的書包裏有

a) chuáng shū zhuō yǐ zi hé yī guì
牀、書桌、椅子和衣櫃。

□ 2) wǒ de fáng jiān li yǒu
我的房間裏有

b) máo yī hé niú zǎi kù
毛衣和牛仔褲。

□ 3) chú fáng li yǒu
廚房裏有

c) juǎn bǐ dāo hé jiǎn dāo
捲筆刀和剪刀。

□ 4) kè tīng li yǒu
客廳裏有

d) diàn shì
電視。

□ 5) yǐ zi shang yǒu
椅子上有

e) shuǐ guǒ hé shū cài
水果和蔬菜。

B Fill in each box with the correct character.

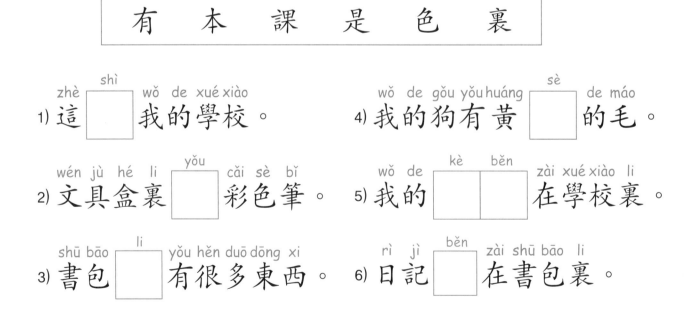

| 有 | 本 | 課 | 是 | 色 | 裏 |

1) zhè　shì
這 □ wǒ de xué xiào
我的學校。

2) wén jù hé li　yǒu
文具盒裏 □ cǎi sè bǐ
彩色筆。

3) shū bāo　li
書包 □ yǒu hěn duō dōng xi
有很多東西。

4) wǒ de gǒu yǒu huáng　sè
我的狗有黃 □ de máo
的毛。

5) wǒ de　kè běn
我的 □□ zài xué xiào li
在學校裏。

6) rì jì　běn
日記 □ zài shū bāo li
在書包裏。

第八課　我的書包

A Write the characters.

① dīng

② bù

③ wáng

④ yù

⑤ jǐng

⑥ shuǐ

⑦ bèi

⑧ dāo

B Write the characters if you can, otherwise use pinyin.

Answers:

a) xiàng pí 橡皮

b) jiǎn dāo 剪刀

c) qiān bǐ 鉛筆

d) gù tǐ jiāo 固體膠

e) cǎi sè bǐ 彩色筆

f) juǎn bǐ dāo 捲筆刀

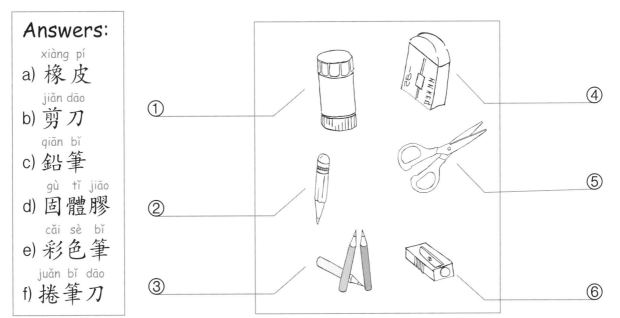

第八課　我的書包

A **Add a radical to complete each character.**

	qiān		bǐ		gù		jiāo
1)	占	2)	聿	3)	古	4)	翏

	liàn		jiǎn		cǎi		jì
5)	柬	6)	前	7)	采	8)	己

B **Fill in the blanks with the characters in the box.**

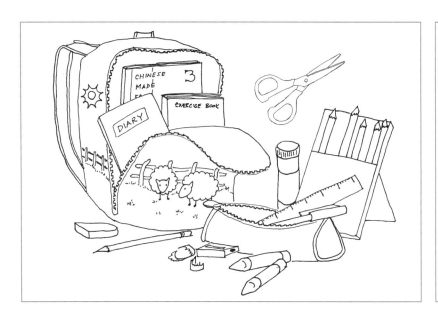

	dāo		kè
a)	刀	f)	課
	li		hé
b)	裏	g)	和
	pí		bǐ
c)	皮	h)	筆
	wén		dà
d)	文	i)	大
	xí		sè
e)	習	j)	色

wǒ de shū bāo hěn
我的書包很＿＿＿＿。

wǒ de shū bāo
我的書包＿＿＿＿

yǒu hěn duō
有很多

dōng xi　　yǒu hàn yǔ
東西，有漢語＿＿＿＿

běn　　liàn
本、練＿＿＿＿

běn　　cǎi
本、彩＿＿＿＿

bǐ děng
筆等。

jù hé li yǒu qiān
＿＿＿＿具盒裏有鉛＿＿＿＿

xiàng
、橡＿＿＿＿

jiǎn
、剪

chǐ zi
＿＿＿＿、尺子

là bǐ
＿＿＿＿蠟筆。

第九課　小狗學樣

A Write down the meaning of each sentence.

mèi mei xǐ huan xué jiě jie de yàng
1) 妹妹喜歡學姐姐的樣。 _____

bà ba wǎn shang pǎo bù 　 wǒ yě wǎn shang pǎo bù
2) 爸爸晚上跑步，我也晚上跑步。

_____

xiǎo gǒu xǐ huan jiào 　 wāng 　 wāng 　 wāng 　 wǒ bù xué tā de yàng
3) 小狗喜歡叫："汪！汪！汪！" 我不學牠的樣。

_____

B Match the verb with the noun.

shuā
1) 刷 •

tī
2) 踢 •

qí
3) 騎 •

chǎo
4) 炒 •

shuō
5) 說 •

zuò
6) 做 •

yǎng
7) 養 •

zú qiú
• a) 足球

mǎ
• b) 馬

cài
• c) 菜

yá
• d) 牙

zuò yè
• e) 作業

fǎ yǔ
• f) 法語

chǒng wù
• g) 寵物

C Write down the meaning of each animal.

shī zi 1) 獅子
xióng māo 2) 熊貓
hóu zi 3) 猴子
shé 4) 蛇
lǎo hǔ 5) 老虎
dà xiàng 6) 大象

第九課　小狗學樣

A Answer the questions.

nǐ měi tiān jǐ diǎn qù shàng xué
1) 你每天幾點去上學？

nǐ zěn me shàng xué
你怎麼上學？

_____

nǐ men zǎo shang jǐ diǎn kāi shǐ shàng kè
2) 你們早上幾點開始上課？

nǐ men měi tiān shàng jǐ jié kè
你們每天上幾節課？

_____

nǐ zǎo fàn yì bān chī shén me
3) 你早飯一般吃什麼？

nǐ xǐ huan hē shén me
你喜歡喝什麼？

_____

nǐ wǎn shang zài jiā zuò shén me
4) 你晚上在家做什麼？

nǐ yì bān jǐ diǎn shuì jiào
你一般幾點睡覺？

_____

B Highlight the sentences in different colours. Write down the meaning of each sentence.

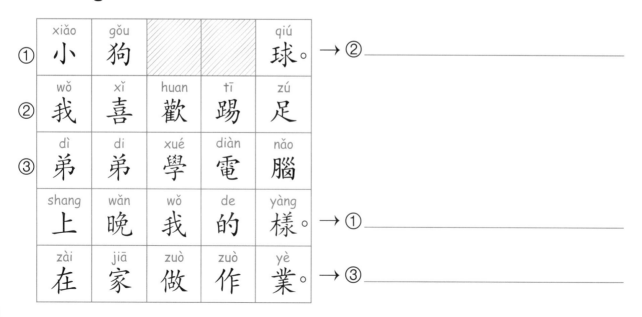

① xiǎo 小	gǒu 狗			qiú 球。→ ② _____
② wǒ 我	xǐ 喜	huan 歡	tī 踢	zú 足
③ dì 弟	di 弟	xué 學	diàn 電	nǎo 腦
shang 上	wǎn 晚	wǒ 我	de 的	yàng 樣。→ ① _____
zài 在	jiā 家	zuò 做	zuò 作	yè 業。→ ③ _____

第九課　小狗學樣

A Write the characters if you can, otherwise use pinyin.

①

②

③

④

⑤

⑥

Answers:

a) 做作業 — *zuò zuò yè*

b) 起牀 — *qǐ chuáng*

c) 吃早飯 — *chī zǎo fàn*

d) 睡覺 — *shuì jiào*

e) 看書 — *kàn shū*

f) 玩兒電腦遊戲 — *wánr diàn nǎo yóu xì*

B Add a radical to complete the character.

yàng	gǒu	pǎo	shuā
1) 羕	2) 句	3) 包	4) 刷

xǐ	huān	tā	xué
5) 吾	6) 欠	7) 也	8) 臼

第九課　小狗學樣

A Write down the meaning of each sentence.

bié pǎo
1) 別跑！

bié jiào
2) 別叫！

qǐng zuò
3) 請坐！

_____

bié shuō huà
4) 別説話！

qǐng jìn
5) 請進！

zhàn qi lai
6) 站起來！

_____

B Read the passage and fill in the table below.

6:45	qǐ chuáng 起牀
	chī zǎofàn 吃早飯
	qù shàngxué 去上學
	kāi shǐ shàng kè 開始上課
	chī wǔ fàn 吃午飯
3:30	fàngxué 放學
	chī wǎnfàn 吃晚飯
	zuò zuò yè 做作業
	kàn diàn shì 看電視
	shuìjiào 睡覺

wǒ yì bān zǎo shang liù diǎn sān kè qǐ chuáng
我一般早上六點三刻起牀。

wǒ qī diǎn chī zǎo fàn　wǒ qī diǎn bàn qù shàng
我七點吃早飯。我七點半去上

xué　wǒ zuò xiào chē shàng xué　wǒ men bā diǎn
學。我坐校車上學。我們八點

kāi shǐ shàng kè　wǒ shí èr diǎn chī wǔ fàn　wǒ
開始上課。我十二點吃午飯。我

men shàng wǔ shàng sān jié kè　xià wǔ shàng liǎng jié
們上午上三節課，下午上兩節

kè　wǒ men xià wǔ sān diǎn bàn fàng xué　wǒ men
課。我們下午三點半放學。我們

yì jiā rén wǎn shang qī diǎn chī wǎn fàn　wǒ bā diǎn
一家人晚上七點吃晚飯。我八點

kāi shǐ zuò zuò yè　wǒ jiǔ diǎn kàn diàn shì　wǒ
開始做作業。我九點看電視。我

shí diǎn shuì jiào
十點睡覺。

第十課　在公園裏

A　Add a radical to complete the character.

1) dàng qiū qiān
　湯　秋　韆

2) zhuō mí cáng
　足　米　臧

3) huá tī
　骨　弟

4) gōng yuán
　公　袁

5) shù wū
　尌　至

6) pāi pí qiú
　白　皮　求

7) wánr diàn nǎo yóu xì
　元　兒　電　甾　斿　戈

B　Rearrange the words/phrases to make sentences and write them out.

1) huá huá tī / wǒ dì di / zài gōng yuán li
　滑滑梯 / 我弟弟 / 在公園裏 /。

　→ _____

2) zài nàr / dàng qiū qiān / xiǎo mèi mei
　在那兒 / 盪鞦韆 / 小妹妹 /。

　→ _____

3) shuì jiào / xiǎo gǒu / zài shù wū li
　睡覺 / 小狗 / 在樹屋裏 /。

　→ _____

37

第十課　在公園裏

A Write the characters.

① quǎn

② jiàn

③ qì

④ fēi

⑤ gōng

⑥ tǔ

⑦ kǒu

⑧ rì

B Write down the meaning of each word.

①
huá bīng
滑冰＿＿＿＿＿＿＿

huá tī
滑梯＿＿＿＿＿＿＿

②
kè běn
課本＿＿＿＿＿＿＿

rì jì běn
日記本＿＿＿＿＿＿＿

③
zuò yè
作業＿＿＿＿＿＿＿

gōng zuò
工作＿＿＿＿＿＿＿

④
pí qiú
皮球＿＿＿＿＿＿＿

pí xié
皮鞋＿＿＿＿＿＿＿

第十課 在公園裏

A Write the radicals.

① □ hand
② □ wood
③ □ water
④ □ seedling

⑤ □ movement
⑥ □ grass
⑦ □ corpse
⑧ □ ear

B Answer the questions.

1) <ruby>你<rt>nǐ</rt></ruby> <ruby>有<rt>yǒu</rt></ruby> <ruby>兄<rt>xiōng</rt></ruby> <ruby>弟<rt>dì</rt></ruby> <ruby>姐<rt>jiě</rt></ruby> <ruby>妹<rt>mèi</rt></ruby> <ruby>嗎<rt>ma</rt></ruby>？ <ruby>有<rt>yǒu</rt></ruby> <ruby>幾<rt>jǐ</rt></ruby> <ruby>個<rt>ge</rt></ruby>？

_____

2) <ruby>你<rt>nǐ</rt></ruby> <ruby>今<rt>jīn</rt></ruby> <ruby>年<rt>nián</rt></ruby> <ruby>幾<rt>jǐ</rt></ruby> <ruby>歲<rt>suì</rt></ruby> <ruby>了<rt>le</rt></ruby>？ <ruby>上<rt>shàng</rt></ruby> <ruby>幾<rt>jǐ</rt></ruby> <ruby>年<rt>nián</rt></ruby> <ruby>級<rt>jí</rt></ruby>？

_____

3) <ruby>你<rt>nǐ</rt></ruby> <ruby>的<rt>de</rt></ruby> <ruby>生<rt>shēng</rt></ruby> <ruby>日<rt>rì</rt></ruby> <ruby>是<rt>shì</rt></ruby> <ruby>幾<rt>jǐ</rt></ruby> <ruby>月<rt>yuè</rt></ruby> <ruby>幾<rt>jǐ</rt></ruby> <ruby>號<rt>hào</rt></ruby>？

_____

4) <ruby>你<rt>nǐ</rt></ruby> <ruby>是<rt>shì</rt></ruby> <ruby>哪<rt>nǎ</rt></ruby> <ruby>國<rt>guó</rt></ruby> <ruby>人<rt>rén</rt></ruby>？ <ruby>你<rt>nǐ</rt></ruby> <ruby>會<rt>huì</rt></ruby> <ruby>說<rt>shuō</rt></ruby> <ruby>什<rt>shén</rt></ruby> <ruby>麼<rt>me</rt></ruby> <ruby>語<rt>yǔ</rt></ruby> <ruby>言<rt>yán</rt></ruby>？

_____

5) <ruby>你<rt>nǐ</rt></ruby> <ruby>個<rt>gè</rt></ruby> <ruby>子<rt>zi</rt></ruby> <ruby>高<rt>gāo</rt></ruby> <ruby>嗎<rt>ma</rt></ruby>？ <ruby>你<rt>nǐ</rt></ruby> <ruby>戴<rt>dài</rt></ruby> <ruby>眼<rt>yǎn</rt></ruby> <ruby>鏡<rt>jìng</rt></ruby> <ruby>嗎<rt>ma</rt></ruby>？

_____

第十課　在公園裏

Read the passage and draw a picture of the park.

zhè ge gōng yuán hěn dà　　yǒu huá tī　　qiū qiān hé shù wū　　gōng yuán li

這個公園很大，有滑梯、鞦韆和樹屋。公園裏

yǒu shí ge rén　　liǎng ge nǚ shēng zài huá huá tī　　liǎng ge nán shēng zài pāi pí

有十個人。兩個女生在滑滑梯，兩個男生在拍皮

qiú　　liǎng ge nán shēng zài kàn shū　　yí ge nán shēng zài chī wǔ fàn　　wǒ hé

球，兩個男生在看書，一個男生在吃午飯。我和

gē ge zài huá bīng　　dì di zài shù wū li

哥哥在滑冰，弟弟在樹屋裏。

第十一課　老虎和小兔

A **Write the radicals.**

① ☐ cave ② ☐ enclosure ③ ☐ foot ④ ☐ stone

⑤ ☐ claw ⑥ ☐ long knife ⑦ ☐ jade ⑧ ☐ fire

B **Rearrange the words/phrases to make sentences and write them out.**

1) 關上 / 快 / 窗子 / 把 / ！
    guān shang　kuài　chuāng zi　bǎ

→ _____

2) 去 / 做作業 / 快 / ！
    qù　zuò zuò yè　kuài

→ _____

3) 電腦遊戲 / 別 / 玩兒 / ！
    diàn nǎo yóu xì　bié　wánr

→ _____

4) 開門 / 小白兔，/ 請 /。
    kāi mén　xiǎo bái tù　qǐng

→ _____

5) 就 / 開門 / 不 / 我 /。
    jiù　kāi mén　bù　wǒ

→ _____

第十一課　老虎和小兔

A Write down the meaning of each sentence.

qǐng gēn wǒ dú
1) 請跟我讀！ _____

bié shuō huà　　wǒ men kāi shǐ shàng kè
2) 別說話！我們開始上課。 _____

xiàn zài shí diǎn le　　kuài qù xǐ zǎo
3) 現在十點了。快去洗澡！ _____

mā ma kuài huí lai le
4) 媽媽快回來了。 _____

wǒ bù xiǎng zhàn qi lai
5) 我不想站起來。 _____

B Fill in each box with the correct letter.

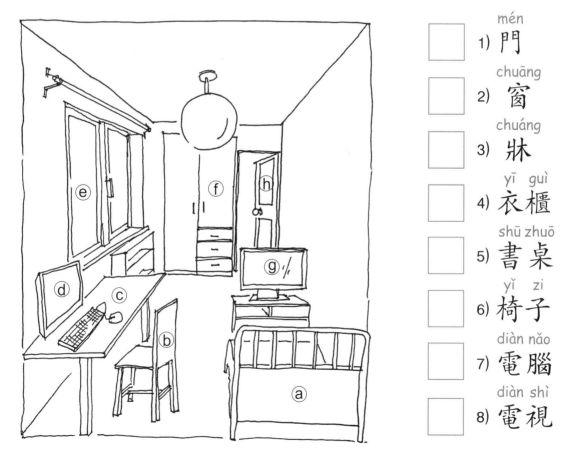

☐ 1) 門 mén

☐ 2) 窗 chuāng

☐ 3) 牀 chuáng

☐ 4) 衣櫃 yī guì

☐ 5) 書桌 shū zhuō

☐ 6) 椅子 yǐ zi

☐ 7) 電腦 diàn nǎo

☐ 8) 電視 diàn shì

第十一課　老虎和小兔

A Write down the meaning of each word.

①
shàng bān
上班 _____

shàngwǎng
上網 _____

②
kāi chuāng
開窗 _____

guān chuāng
關窗 _____

③
chū qu
出去 _____

jìn lai
進來 _____

④
guān dēng
關燈 _____

kāi dēng
開燈 _____

⑤
shàng xué
上學 _____

fàng xué
放學 _____

shàng kè
上課 _____

B Match the two parts of a conversation.

☐ 1)
qǐng jìn　　qǐng hē shuǐ
請進！請喝水。

a)
xiè xie
謝謝！

☐ 2)
qǐng kāi mén
請開門！

b)
wǒ méi you shuō huà
我沒有說話。

☐ 3)
qǐng guān dēng
請關燈！

c)
hǎo　　wǒ qù guān dēng
好，我去關燈。

☐ 4)
bié shuō huà
別說話！

d)
bù kāi　　bù kāi　　jiù bù kāi
不開！不開！就不開！

☐ 5)
kuài qù chī fàn
快去吃飯！

e)
wǒ bù xiǎng chī fàn
我不想吃飯。

43

第十一課　老虎和小兔

A **Find the other part of the conversation in the box.**

méi guān xi　　xiè xie
沒關係。　　謝謝！
bú kè qi　　hǎo　wǒ qù kāi chuāng
不客氣。　　好，我去開窗。

qǐng zuò
1) A: 請坐！

B: _____

xiè xie nǐ
2) A: 謝謝你。

B: _____

duì bu qǐ
3) A: 對不起。

B: _____

qǐng bǎ chuāng dǎ kāi
4) A: 請把窗打開。

B: _____

B **Fill in each box with the correct character.**

lǎo hǔ　lái　le　kuài bǎ　mén　guān shang
1) 老虎 ☐ 了！快把 ☐ 關上！

kuài bǎ　dēng　guān shang　bié　shuō　huà
2) 快把 ☐ 關上！別 ☐ 話！

qù　kāi　chuāng　fáng jiān li hěn rè
3) 去 ☐ 窗 。房間裏很熱。

qǐng　chuān shang dà yī　jīn tiān xià xuě le　hěn lěng
4) ☐ 穿上大衣。今天下雪了，很冷。

門　燈
來　開
說　請

第十二課　過生日

A Answer the questions.

nǐ de shēng rì shì jǐ yuè jǐ hào
1) 你的生日是幾月幾號？＿＿＿＿＿＿＿＿＿＿＿＿＿＿＿＿

nǐ guò shēng rì yì bān chī shén me
2) 你過生日一般吃什麼？＿＿＿＿＿＿＿＿＿＿＿＿＿＿＿＿

nǐ xǐ huan chī shén me
3) 你喜歡吃什麼？＿＿＿＿＿＿＿＿＿＿＿＿＿＿＿＿＿＿

nǐ jīn tiān wǔ fàn chī le shén me
4) 你今天午飯吃了什麼？＿＿＿＿＿＿＿＿＿＿＿＿＿＿＿＿

B Group the words into the right category. You can write pinyin if you cannot write characters.

kě lè	dàn gāo	rè gǒu	shǔ piàn	píng guǒ	bǐng gān	huáng guā	guǒ zhī
可樂	蛋糕	熱狗	薯片	蘋果	餅乾	黃瓜	果汁
xiāng jiāo	xī guā	táng guǒ	shǔ tiáo	qiǎo kè lì	hú luó bo	hàn bǎo bāo	
香蕉	西瓜	糖果	薯條	巧克力	胡蘿蔔	漢堡包	

shuǐ guǒ	líng shí	kuài cān	shū cài	yǐn liào
水果	零食	快餐	蔬菜	飲料
				(drinks)

第十二課　過生日

A Answer the questions.

nǐ yǒu jǐ ge hǎo péng you　　tā men jiào shén me míng zi
1) 你有幾個好朋友？他們叫什麼名字？

_____

nǐ xǐ huan chī shén me　　nǐ bù xǐ huan chī shén me
2) 你喜歡吃什麼？你不喜歡吃什麼？

_____

B Write down the meaning of each sentence.

wǒ wǔ fàn chī sān míng zhì huò chǎo fàn
1) 我午飯吃三明治或炒飯。 _____

wǒ zǎo fàn chī miàn bāo　　hē niú nǎi
2) 我早飯吃麵包，喝牛奶。 _____

wǒ men jiā wǎn fàn chī mǐ fàn　　chǎo cài　　hē tāng
3) 我們家晚飯吃米飯、炒菜，喝湯。

_____

C Circle the words that you know and write down their meanings.

shǔ 薯	piàn 片	xià 下	chǎo 炒	fàn 飯
tiáo 條	wǎn 晚	shàng 上	wǔ 午	miàn 麵
zhōng 中	cān 餐	jī 雞	dàn 蛋	gāo 糕
shū 書	zhuō 桌	bīng 冰	qí 淇	lín 淋

1) fried rice   5) _____

2) _____   6) _____

3) _____   7) _____

4) _____   8) _____

第十二課　過生日

A Fill in the correct characters to make words.

1) 餐 [zhuō]

2) 薯 [tiáo]

3) 巧克 [lì]

4) 蛋 [gāo]

5) 水 [guǒ]

6) [kě] 樂

7) [rè] 狗

8) 薯 [piàn]

B Rearrange the words/phrases to make sentences and write them out.

1) 小光 / 生日 / 今天 / 過 /。
   xiǎo guāng shēng rì jīn tiān guò

   → _____

2) 巧克力 / 餐桌上 / 餅乾 / 和 / 有 /。
   qiǎo kè lì cān zhuō shang bǐng gān hé yǒu

   → _____

3) 喜歡 / 蛋糕 / 也 / 小狗 / 吃 /。
   xǐ huan dàn gāo yě xiǎo gǒu chī

   → _____

4) 坐 / 在地上 / 弟弟 / 哭了起來 /。
   zuò zài dì shang dì di kū le qǐ lái

   → _____

5) 吃 / 把 / 了 / 冰淇淋 / 小狗 /。
   chī bǎ le bīng qí lín xiǎo gǒu

   → _____

第十二課　過生日

A Write the characters if you can, otherwise use pinyin.

① _____

② _____

③ _____

④ _____

⑤ _____

⑥ _____

⑦ _____

⑧ _____

⑨ _____

⑩ _____

B Fill in each box with the correct character.

牠　把　在　生　片　水　乾　也　興

mèi mei jīn tiān guò **shēng** rì　　tā chī le hěn duō dōng xi　yǒu shǔ
妹妹今天過 [　] 日。她吃了很多東西，有薯

piàn　bǐng **gān**　shuǐ　guǒ děng　mèi mei hái chī le dàn gāo　tā jīn
[　]、餅 [　]、[　] 果等。妹妹還吃了蛋糕。她今

tiān hěn gāo **xìng**　xiǎo gǒu jīn tiān **yě** hěn gāo xìng　**tā** tiào shang cān
天很高 [　]。小狗今天 [　] 很高興。[　] 跳上餐

zhuō　**bǎ** guǒ zhī hē le　mèi mei zuò **zài** dì shang dà kū le qǐ lái
桌，[　] 果汁喝了。妹妹坐 [　] 地上大哭了起來。

第十三課　他喜歡吃肉

A **Match the two parts of a sentence.**

□ 1) mèi mei jīn tiān guò
妹妹今天過

a) guǒ zhī
果汁。

□ 2) mā ma hěn ài hē
媽媽很愛喝

b) shuǐ guǒ hé shū cài
水果和蔬菜。

□ 3) gē ge bú ài chī
哥哥不愛吃

c) shēng rì
生日。

□ 4) jiě jie chī le
姐姐吃了

d) yǒu shǔ tiáo　bǐng gān hé qiǎo kè lì
有薯條、餅乾和巧克力。

□ 5) cān zhuō shang
餐桌上

e) bàn ge dàn gāo
半個蛋糕。

B **Rearrange the words/phrases to make sentences and write them out.**

1) gē ge　xǐ huan　niú ròu　chī
哥哥 / 喜歡 / 牛肉 / 吃 /。

→ _____

2) chī　ài　jiě jie　niú pái
吃 / 愛 / 姐姐 / 牛排 /。

→ _____

3) měi tiān dōu　sān míng zhì　wǒ　chī
每天都 / 三明治 / 我 / 吃 /。

→ _____

4) yǒu　qiǎo kè lì　cān zhuō shang　dàn gāo　hé
有 / 巧克力 / 餐桌上 / 蛋糕 / 和 /。

→ _____

第十三課　他喜歡吃肉

A Write the characters.

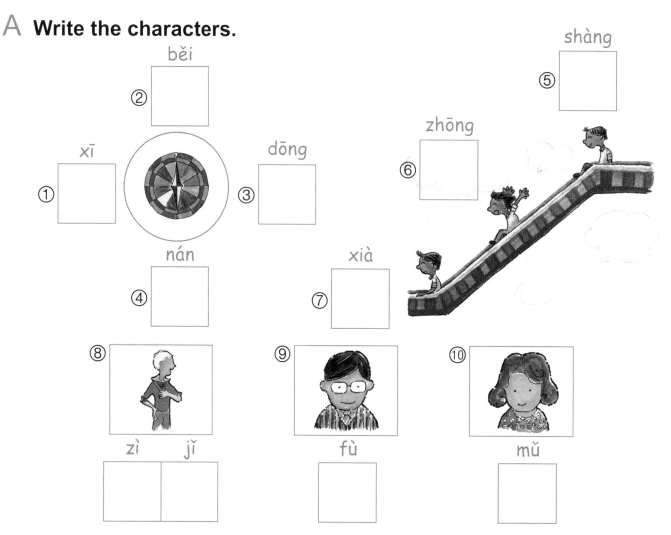

② běi

① xī

③ dōng

④ nán

⑤ shàng

⑥ zhōng

⑦ xià

⑧ zì jǐ

⑨ fù

⑩ mǔ

B Circle the pinyin for the words on the right.

s	h	u	p	i	a	n
q	i	a	o	k	e	l	i
n	i	u	p	a	i	u
d	a	n	g	a	o	r
s	h	a	l	a	o
b	i	n	g	g	a	n	u

1) 沙拉 ✓
2) 牛排
3) 薯片
4) 巧克力
5) 蛋糕
6) 牛肉
7) 餅乾

第十三課　他喜歡吃肉

A **Highlight the sentences in different colours. Write down the meaning of each sentence.**

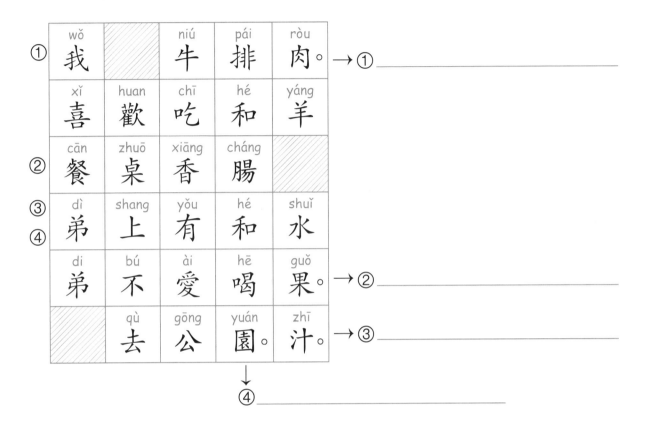

① 我　　牛 排 肉。 → ① _____

② 餐 桌 香 腸

③④ 弟 上 有 和 水

弟 不 愛 喝 果。 → ② _____

去 公 園。汁。 → ③ _____

↓

④ _____

B **Write the radicals.**

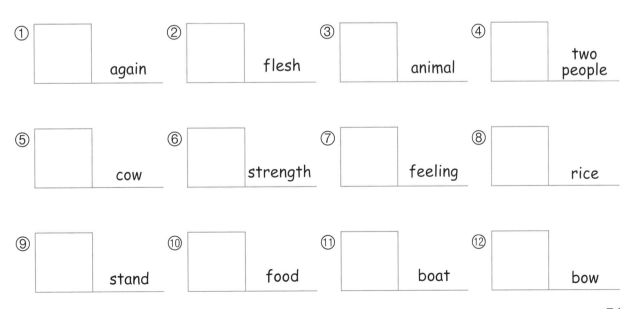

① ☐ again   ② ☐ flesh   ③ ☐ animal   ④ ☐ two people

⑤ ☐ cow   ⑥ ☐ strength   ⑦ ☐ feeling   ⑧ ☐ rice

⑨ ☐ stand   ⑩ ☐ food   ⑪ ☐ boat   ⑫ ☐ bow

第十三課　他喜歡吃肉

A Write down the meaning of each word.

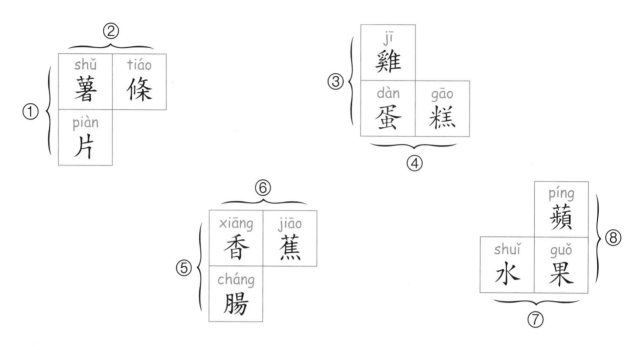

① { ② 薯(shǔ) 條(tiáo) / 片(piàn) }

③ { 雞(jī) / 蛋(dàn) 糕(gāo) } ④

⑤ { ⑥ 香(xiāng) 蕉(jiāo) / 腸(cháng) }

{ 蘋(píng) / 水(shuǐ) 果(guǒ) } ⑧ ⑦

B Fill in each box with the correct character.

腸　東　兩　羊　很　火　不　瓜　菜　排

wǒ xǐ huan chī hěn duō 我喜歡吃很多 [dōng] 西。 wǒ xǐ huan chī niú ròu 我喜歡吃牛肉、[yáng]

ròu 肉，wǒ hái xǐ huan chī 我還喜歡吃 [huǒ] 腿(tuǐ)。wǒ 我 [hěn] xǐ huan chī niú 喜歡吃牛 [pái]。wǒ 我

[bù] xǐ huan chī xiāng 喜歡吃香 [cháng]。wǒ xǐ huan chī shū 我喜歡吃蔬 [cài]。wǒ měi tiān dōu chī 我每天都吃

[liǎng] zhǒng shū cài 種蔬菜。wǒ jīn tiān chī le hú luó bo hé huáng 我今天吃了胡蘿蔔和黃 [guā]。

52

第十四課　她愛吃西餐

A Fill in each box with the correct character to make words. Write down the meaning of each word.

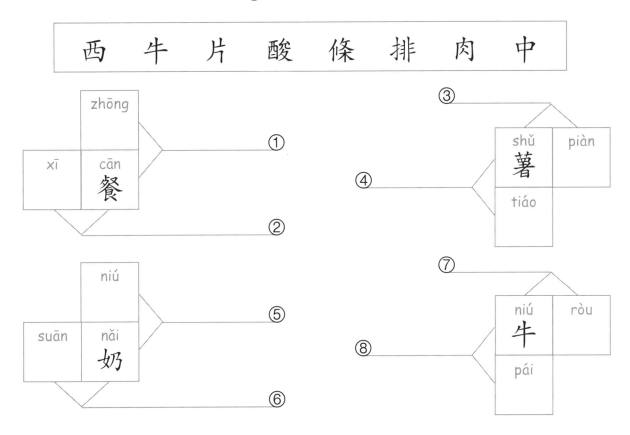

西　牛　片　酸　條　排　肉　中

zhōng
xī　cān
餐
① _____
② _____

③ _____
shǔ　piàn
薯
tiáo
④ _____

niú
suān　nǎi
奶
⑤ _____
⑥ _____

⑦ _____
niú　ròu
牛
pái
⑧ _____

B Write down the meaning of each sentence.

wǒ xǐ huan chī zhōng cān　　bù xǐ huan chī kuài cān
1) 我喜歡吃中餐，不喜歡吃快餐。

_____

wǒ hěn xǐ huan chī yì dà lì miàn hé shā lā
2) 我很喜歡吃意大利麵和沙拉。

_____

yé ye bù xǐ huan chī suān nǎi hé nǎi lào
3) 爺爺不喜歡吃酸奶和奶酪。

_____

第十四課　她愛吃西餐

A **Add the common radical and write down the meaning of each character.**

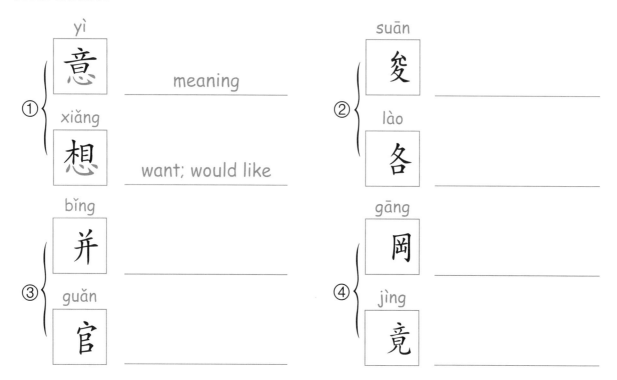

①
yì
意　　　meaning _____

xiǎng
想　　　want; would like _____

②
suān
夋 _____

lào
各 _____

③
bǐng
并 _____

guǎn
官 _____

④
gāng
岡 _____

jìng
竟 _____

B **Rearrange the words/phrases to make sentences and write them out.**

xǐ huan　　nǎi nai　　hěn　　kāi wán xiào
1) 喜歡 / 奶奶 / 很 / 開玩笑 /。

→ _____

yì bān　　wǒ　　chī　　shā lā　　wǔ fàn
2) 一般 / 我 / 吃 / 沙拉 / 午飯 /。

→ _____

jiě jie　　zhōng cān　　xǐ huan　　chī
3) 姐姐 / 中餐 / 喜歡 / 吃 /。

→ _____

第十四課　她愛吃西餐

A　Write the characters.

① zǐ

② nǚ

③ zhí

④ qū

⑤ duō

⑥ shǎo

⑦ dà

⑧ xiǎo

B　Answer the questions.

nǐ jīn nián jǐ suì le　　nǐ de shēng rì shì jǐ yuè jǐ hào
1) 你今年幾歲了？你的生日是幾月幾號？

_____

nǐ xǐ huan chī zhōng cān ma　　xǐ huan chī shén me zhōng cān
2) 你喜歡吃中餐嗎？喜歡吃什麼中餐？

_____

nǐ xǐ huan chī xī cān ma　　xǐ huan chī shén me xī cān
3) 你喜歡吃西餐嗎？喜歡吃什麼西餐？

_____

第十四課　她愛吃西餐

A Highlight the sentences in different colours. Write down the meaning of each sentence.

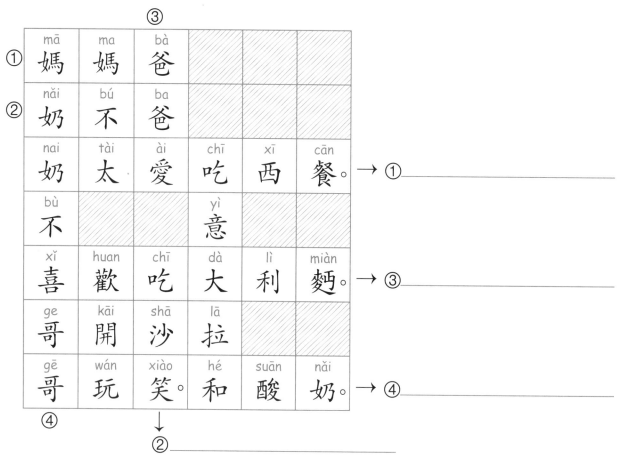

③

① 媽 媽 爸
② 奶 不 爸
　奶 太 愛 吃 西 餐。 → ①＿＿＿＿＿＿＿
　不 　 　 意
　喜 歡 吃 大 利 麵。 → ③＿＿＿＿＿＿＿
　哥 開 沙 拉
　哥 玩 笑。 和 酸 奶。 → ④＿＿＿＿＿＿＿

④ ↓
② ＿＿＿＿＿＿＿

B Fill in each box with the correct character.

快　包　是　奶　米　午

我 □ 美國人。我不喜歡吃 □ 餐。我早飯

一般吃麵 □ ，喝牛 □ 。我 □ 飯吃三明治。

我晚飯吃 □ 飯和炒菜。

第十五課　她愛吃水果

A **Fill in each box with the correct character to make words.**
Write down the meaning of each word.

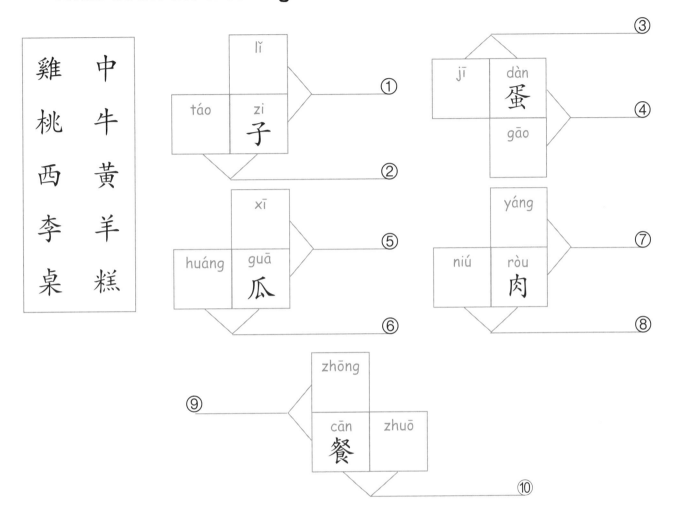

雞　中
桃　牛
西　黃
李　羊
桌　糕

B **Write down the meaning of each sentence.**

wǒ hěn ài chī lí hé cǎo méi
1) 我很愛吃梨和草莓。_____

dì di bù xǐ huan chī pú tao hé lǐ zi
2) 弟弟不喜歡吃葡萄和李子。_____

cān zhuō shang yǒu xī guā hé táo zi
3) 餐桌上有西瓜和桃子。_____

第十五課　她愛吃水果

A **Add the common radical and write down the meaning of each character.**

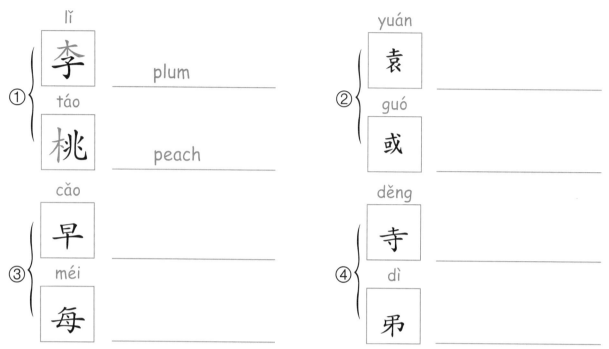

lǐ
李　　plum

táo
桃　　peach

① {

cǎo
早

méi
每

③ {

yuán
袁

guó
或

② {

děng
寺

dì
弟

④ {

B **Rearrange the words/phrases to make sentences and write them out.**

hē　　　xī guā zhī　　ài　　gē ge
1) 喝 / 西瓜汁 / 愛 / 哥哥 / 。

　→ _____

jīn tiān　　le　　chī　　cǎo méi　　wǒ
2) 今天 / 了 / 吃 / 草莓 / 我 / 。

　→ _____

shuǐ guǒ　　měi tiān dōu　　mā ma　　chī
3) 水果 / 每天都 / 媽媽 / 吃 / 。

　→ _____

yì bān　　chī　　wǒ men jiā　　mǐ fàn　　wǎn fàn
4) 一般 / 吃 / 我們家 / 米飯 / 晚飯 / 。

　→ _____

第十五課　她愛吃水果

A Colour in the words as required.

cǎo méi 草莓	bīng qí lín 冰淇淋	zhū ròu 豬肉	rè gǒu 熱狗
niú ròu 牛肉	xī guā 西瓜	shǔ tiáo 薯條	xiāng jiāo 香蕉
bǐ sà bǐng 比薩餅	mǐ fàn 米飯	nǎi lào 奶酪	huǒ tuǐ 火腿
chǎo miàn 炒麵	lǐ zi 李子	táo zi 桃子	píng guǒ 蘋果
qiǎo kè lì 巧克力	niú pái 牛排	shā lā 沙拉	yáng ròu 羊肉
lí 梨	chǎo fàn 炒飯	shǔ piàn 薯片	táng guǒ 糖果
xiāng cháng 香腸	hàn bǎo bāo 漢堡包	jú zi 橘子	bǐng gān 餅乾

1) shuǐ guǒ 水果：hóng sè 紅色

2) kuài cān 快餐：lù sè 綠色

3) líng shí 零食：lán sè 藍色

4) xī cān 西餐：zōng sè 棕色

5) zhōng cān 中餐：zǐ sè 紫色

6) ròu 肉：huáng sè 黃色

B Answer the questions.

1) nǐ xǐ huan chī shén me shuǐ guǒ
你喜歡吃什麼水果？_____

2) nǐ xǐ huan chī shén me shu cài
你喜歡吃什麼蔬菜？_____

3) nǐ xǐ huan chī shén me kuài cān
你喜歡吃什麼快餐？_____

4) nǐ xǐ huan chī shén me líng shí
你喜歡吃什麼零食？_____

5) nǐ xǐ huan chī shén me ròu
你喜歡吃什麼肉？_____

第十五課　她愛吃水果

A　Group the words into the correct category.

lǐ zi 李子	chǎo fàn 炒飯	cǎo méi 草莓	táng guǒ 糖果	rè gǒu 熱狗	chǎomiàn 炒麵	shā lā 沙拉
shǔ tiáo 薯條	mǐ fàn 米飯	xī guā 西瓜	táo zi 桃子	qiǎo kè lì 巧克力	yì dà lì miàn 意大利麵	

líng shí 零食	shuǐ guǒ 水果	zhōng cān 中餐	xī cān 西餐	kuài cān 快餐

B　Translate the passage.

wǒ bà ba shǔ gǒu　　tā xǐ huan chī ròu　　tā xǐ huan chī yáng ròu
我爸爸屬狗。他喜歡吃肉。他喜歡吃羊肉、

niú ròu　　huǒ tuǐ　　jī ròu děng　　tā hěn xǐ huan chī niú pái　　tā xǐ huan
牛肉、火腿、雞肉等。他很喜歡吃牛排。他喜歡

hē niú nǎi hé guǒ zhī　　tā hái xǐ huan chī suān nǎi hé nǎi lào　　tā bú tài
喝牛奶和果汁。他還喜歡吃酸奶和奶酪。他不太

xǐ huan chī shū cài hé shuǐ guǒ　　tā bù xǐ huan chī hú luó bo hé huáng guā
喜歡吃蔬菜和水果。他不喜歡吃胡蘿蔔和黃瓜。

tā hái bù xǐ huan chī píng guǒ hé xiāng jiāo
他還不喜歡吃蘋果和香蕉。

第十六課 路上車真多

A Write the characters.

① quǎn ☐

② jiàn ☐

③ qì ☐

④ fēi ☐

⑤ zú ☐

⑥ zǒu ☐

⑦ dīng ☐

⑧ bù ☐

B Match the two parts of a sentence.

☐ 1) mǎ lù shang rén zhēn duō
馬路上人真多，

☐ 2) dì di kàn bu jiàn wǒ
弟弟看不見我，

☐ 3) tiān shang yǒu
天上有

☐ 4) cān zhuō shang yǒu
餐桌上有

☐ 5) lǜ sè de píng guǒ
綠色的蘋果

a) tā kū le
他哭了。

b) lǐ zi jú zi hé lí
李子、橘子和梨。

c) chē yě zhēn duō
車也真多。

d) hěn suān
很酸 。

e) fēi jī hé niǎo
飛機和鳥。

第十六課　路上車真多

A　Write the radicals.

① ☐ towel
② ☐ stand
③ ☐ speech
④ ☐ owe

⑤ ☐ page
⑥ ☐ silk
⑦ ☐ sickness
⑧ ☐ clothes

B　Rearrange the words/phrases to make sentences and write them out.

1) 公共汽車 / 有 / 很多 / 馬路上 / 。
　　gōng gòng qì chē　yǒu　hěn duō　mǎ lù shang

　　→ _____

2) 飛機 / 鳥 / 天上 / 和 / 有 / 。
　　fēi jī　niǎo　tiān shang　hé　yǒu

　　→ _____

3) 走出 / 了 / 弟弟 / 家門 / 一個人 / 。
　　zǒu chu　le　dì di　jiā mén　yí ge rén

　　→ _____

4) 多 / 馬路上 / 真 / 人 / ！
　　duō　mǎ lù shang　zhēn　rén

　　→ _____

5) 校車 / 我 / 坐 / 每天都 / 上學 / 。
　　xiào chē　wǒ　zuò　měi tiān dōu　shàng xué

　　→ _____

第十六課　路上車真多

A **Find the opposite words in the box and write them out.**

tiān shang	kāi	lěng	duǎn	gāo	pàng	duō	rù	zuǒ
天上	開	冷	短	高	胖	多	入	左

shòu
1) 瘦 → _____

shǎo
2) 少 → _____

chū
3) 出 → _____

yòu
4) 右 → _____

guān
5) 關 → _____

rè
6) 熱 → _____

cháng
7) 長 → _____

ǎi
8) 矮 → _____

dì shang
9) 地上 → _____

B **Answer the questions.**

nǐ jīn nián jǐ suì le　　nǐ shàng jǐ nián jí
1) 你今年幾歲了？你上幾年級？

_____

nǐ zǎo shang yì bān jǐ diǎn qǐ chuáng　　nǐ měi tiān zěn me shàng xué
2) 你早上一般幾點起牀？你每天怎麼上學？

_____

nǐ měi tiān shàng jǐ jié kè　　nǐ jīn tiān shàng le shén me kè
3) 你每天上幾節課？你今天上了什麼課？

_____

nǐ wǔ fàn yì bān chī shén me　　nǐ xǐ huan chī shén me
4) 你午飯一般吃什麼？你喜歡吃什麼？

_____

第十六課　路上車真多

A Read the phrases, draw pictures and then colour them in.

①

hóng sè　de chū zū chē
紅色的出租車

②

huáng sè　de gōng gòng qì chē
黃色的公共汽車

B Fill in each box with the correct character.

步	出	今	很	校	走	多	門	公	卡

jīn
□天早上我一個人走出了家□。馬路上

yǒu hěn   duō rén   yǒu de rén zài shuō huà   yǒu de rén zài pǎo bù   yǒu
有□多人。有的人在說話，有的人在跑□，有

de rén zài zǒu lù   mǎ lù shang hái yǒu hěn duō chē yǒu gōng gòng
的人在□路。馬路上還有很□車，有□共

qì chē chū zū chē kǎ chē xiào chē děng děng
汽車、□租車、□車、□車等等。